VENTE
du 9 Juin 1906
HOTEL DROUOT
Salle n° 7
A 2 HEURES PRÉCISES

Tableaux Modernes

PAR

Corot, Diaz, Isabey, Van Marcke

COMMISSAIRE-PRISEUR :

M° Paul AULARD

EXPERT :

M° Henri HARO

CATALOGUE

DE

QUATRE TABLEAUX

MODERNES

PAR

Corot, Diaz, Isabey, Van Marcke

DONT LA VENTE AURA LIEU

HOTEL DROUOT, Salle N° 7

Le Samedi 9 Juin 1906

à deux heures précises

COMMISSAIRE-PRISEUR :

Me Paul AULARD

6, rue Saint-Marc, 6

PEINTRE-EXPERT :

Me Henri HARO

14, rue Visconti et rue Bonaparte, 20

EXPOSITION PUBLIQUE

Le Vendredi 8 Juin 1906

de deux heures à six heures

TABLEAUX MODERNES

Corot

Site d'Italie

TABLEAUX MODERNES

COROT

1 — *Site d'Italie*.

Au premier plan, suivant la route montueuse, un homme
vêtu d'un grand manteau passe devant deux jeunes ita-
liennes assises sur l'herbe ; dans le sens inverse arrive un
petit pifferaro ; plus loin, quelques arbres et la prairie enso-
leillés ; dans le fond, un grand lac bordé par une colline ; et
à droite, des rochers escarpés surmontés d'un groupe d'oli-
viers.

Signé à droite et daté 1834.
Salon de 1834.

Toile. Haut., 81 cent.; larg., 64 cent.

DIAZ

2 — *La Clairière dans la Forêt.*

Sur la lisière de la forêt un paysage inculte où çà et là se voient quelques rochers ; au second plan, un petit vallon bordé d'arbres. Ciel nuageux.

Signé à gauche.

Bois. Haut.. 25 cent.; larg., 37 cent.

Isabey

d'après le Duel

ISABEY

3 — *Après le Duel.*

Sur les dalles, un homme est étendu, il tient encore dans sa main crispée son épée, tandis que sa dague est tombée près de lui.

Un gentilhomme qui accompagne une noble Dame vient d'ouvrir la porte basse du château pour voir ce qui se passe.

Deux petits chiens se sont élancés et aboient, regardant l'heureux adversaire qui s'enfuit remettant son épée au fourreau.

Signé à droite et daté 68.

Toile. Haut.. 80 cent.; larg.. 60 cent.

VAN MARCKE

4 — *Le Pâturage.*

Dans une prairie, un troupeau de moutons est en train de paître, une vache rousse est debout, vue de dos ; à droite, un berger et son chien ; dans le fond, une barrière et des arbres qui laissent apercevoir le ciel.

Signé à droite.

Toile. Haut., 38 cent.; larg., 58 cent.

1511. — Lib.-Imp. réunies, 7, rue Saint-Benoît, Paris.

Diaz

La Clairière dans la Forêt

Van Marcke

le Pâturage